DE QUANTA TERRA O SER HUMANO PRECISA

Lev Nikolaievitch Tolstoi

DE QUANTA TERRA O SER HUMANO PRECISA

Tradução
Zoia Prestes

Ilustrações
Verônica Fukuda

1ª edição
Expressão Popular
São Paulo – 2021

Copyright © 2021 by Editora Expressão Popular

Título original em russo:
Mnogo li tcheloveku zemli nujno «Много ли человеку земли нужно»

Produção editorial: Miguel Yoshida
Revisão: Aline Piva, Cecília Luedemann e Lia Urbini
Projeto gráfico: Maria Rosa Juliani
Diagramação e capa: Gustavo Motta
Ilustrações de capa e miolo: Verônica Fukuda
Impressão e acabamento: Gráfica Cromosete

Dados Internacionais de Catalogação-na-Publicação (CIP)

T654d	Tolstoi, Lev Nikolaievitch, 1828-1910 De quanta terra o ser humano precisa / Lev Nikolaievitch Tolstoi ; tradução Zoia Prestes ; ilustrações Verônica Fukuda. — 1.ed.— São Paulo : Expressão Popular, 2021. 56 p. : il. Título original: Mnogo li tcheloveku zemli nujno ISBN: 978-65-5891-046-6 1. Filosofia russa 2. Tolstoi, Lev Nikolaievitch, 1828-1910. I. Prestes, Zoia. II. Fukuda, Verônica. III. Título. CDU 1(470)

Catalogação na Publicação: Eliane M. S. Jovanovich - CRB 9/1250

Todos os direitos reservados.
Nenhuma parte deste livro pode ser utilizada
ou reproduzida sem a autorização da editora.

1ª edição: novembro de 2021
1ª reimpressão: outubro de 2022

Edição revista e atualizada conforme
o novo acordo ortográfico.

EDITORA EXPRESSÃO POPULAR
Rua Abolição, 197 – Bela Vista
CEP 01319-010 – São Paulo – SP
Tel: (11) 3112-0941 / 3105-9500
livraria@expressaopopular.com.br
www.expressaopopular.com.br
◨ ed.expressaopopular
◎ editoraexpressaopopular

Nota da tradutora

Num belo dia, de forma inesperada, recebi um convite irrecusável: traduzir um conto de Lev Nikolaievitch Tolstoi. Já traduzi muitas obras do russo para o português e de diferentes autores – Pasternak, Bulgakov, Dostoievskaia, Bukharin, Gorki, Tchekhov e, ultimamente, tenho me dedicado à obra de L. S. Vigotski. Mas nunca havia traduzido uma linha de Tolstoi.

Desafio aceito, iniciei minhas pesquisas sobre o conto em questão. Confesso que não o conhecia, embora, como admiradora de Tolstoi, tenha lido seus romances, novelas, alguns contos e conheça a fundo sua biografia e seu pensamento. Depois de ler *Mnogo li tcheloveku zemli nujno* [De quanta terra o ser humano precisa], tive que buscar mais informações a respeito do conto e dos motivos que levaram Tolstoi a escrevê-lo. Algumas fontes afirmam que o tema está relacionado aos estudos da língua grega e à leitura que ele fez da obra de Heródoto no original, assim como com sua vida nas estepes e a convivência com os costumes do povo da Bachquiria. Alguns aspectos desses costumes estão presentes no conto, porém me parece que o mais significativo é desvelar determinadas facetas do ser humano que, ao não se contentar com o que tem e não conseguir controlar sua vontade desenfreada por acúmulo de terras, morre.

Traduzir é fazer escolhas. Às vezes bem difíceis. Não foi diferente neste caso, principalmente no que tange ao nome do personagem principal. Em alguns momentos, pensei que poderia ser traduzido para algum nome mais familiar ao leitor brasileiro, mas, depois de muito pensar e refletir, optei por transcrever o nome tal qual está no original russo. Outra dúvida atroz foi a tradução da palavra *tchelovek* que está no título do conto. Inicialmente, sugeri *De quanta terra o homem precisa*. Depois, pensei em adotar a palavra russa *mujique* (camponês russo) que já está dicionarizada em português. Mas, por fim, em conversa com os editores, concluímos que o melhor seria empregar *ser humano*. Assim ficou e acredito que foi a escolha acertada, pois Tolstoi se vale das tradições e costumes de um povo para falar sobre a ambição do ser humano.

Realizar esse trabalho com e para a editora Expressão Popular é motivo de muita alegria, pois a arte literária de Tolstoi, sem dúvida, pode contribuir para a formação da consciência política dos militantes dos movimentos de luta pela terra no Brasil.

Zoia Prestes
Rio de Janeiro, 26 de outubro de 2021

Lev Nikolaievitch Tolstoi

Nasceu na Rússia em 1828 e morreu em 1910, aos 82 anos. Além de ter escrito alguns dos maiores romances da história, como *Guerra e Paz* (1865-1869) e *Anna Karenina* (1875-1878), é autor de novelas e contos. Tolstoi também fundou uma escola em sua propriedade para camponeses pobres, na qual foram abolidos os castigos físicos, algo bastante avançado para sua época, e para a qual ele mesmo escrevera o material utilizado nas aulas. Ele reuniu e registrou as várias histórias contadas pelas crianças do local.

    A irmã mais velha foi da cidade até a aldeia visitar a caçula. A mais velha era casada com um rico comerciante na cidade e a caçula, com um mujique da aldeia. À mesa do chá, as duas conversavam. A mais velha, com arrogância, elogiava a vida na cidade, descrevendo como era repleta de oportunidades, com locais limpos, ruas sem sujeira; como vestia seus filhos com roupas bonitas, comia e bebia do bom e do melhor e adorava patinar, passear e frequentar teatros.

    A irmã caçula se sentiu humilhada, começou a criticar a vida dos ricos na cidade e a louvar o dia a dia do camponês.

– Jamais trocaria – disse ela – meu modo de vida pelo seu. E daí que nossa vida é cinzenta? Pelo menos não vivemos com medo. A vida de vocês pode ser melhor, porém, se hoje ganham muito, amanhã podem estar no prejuízo. O ditado está valendo: hoje você pode ganhar, mas amanhã pode perder. Ou então: hoje é rico, mas amanhã pode estar embaixo da ponte. Nosso trabalho de camponês é mais seguro: a cintura do mujique é fina, mas seu estômago é grande; não somos ricos, mas temos o que comer.

A irmã mais velha respondeu:

– Comida... vivem de porcos e bezerros! Nada de luxo, nada de educação. Por mais que seu marido trabalhe, vão viver e morrer no estrume e o mesmo aguarda seus filhos.

– E daí – respondeu a caçula –, essa é a nossa vida. Pelo menos vivemos do certo, não nos dobramos nem tememos ninguém. Vocês, na cidade, vivem de tentações: hoje podem estar bem, mas, de repente, surge um espírito do mal para seduzir seu marido, o leva para o jogo, vinho ou roubo. Pronto, tudo estará acabado. Isso não acontece?

O marido da camponesa, Parrom, ouvia a conversa das mulheres deitado.

– É verdade verdadeira – cochichou. – Basta, desde pequeno, trabalhar revirando a terra-mãe que nenhuma bobagem virá à cabeça. Pena que a terra é pouca! Caso tivesse terra à vontade, não temeria ninguém, nem mesmo o diabo!

As mulheres terminaram o chá, tagarelaram sobre vestidos, lavaram a louça e foram dormir.

O diabo estava na casa e ouviu tudo. Esfregou as mãozinhas ao ver que a mulher do camponês despertou a vaidade do marido, quando este ouviu dizer que, caso tivesse mais terra, não teria medo nem mesmo do diabo.

"Muito bem ", pensou o diabo, "vamos apostar e te darei muita terra. Mas será pela terra que vou te pegar".

2

Ao lado dos mujiques, vivia uma pequena senhorita. Era dona de mais de 120 *dessiatinas* de terra. Vivia tranquilamente e nunca exigia nada dos mujiques. Um soldado reformado foi trabalhar para ela como feitor e começou a atazanar os mujiques com multas. Por mais que Parrom tomasse cuidado, ora seu cavalo invadia o curral, ora sua vaca invadia o jardim, ora seus bezerros invadiam o pasto... Pronto, lá vinha multa.

Parrom pagava, mas xingava e descontava sua fúria nos parentes. Foram muitos os pecados que Parrom cometeu por causa do feitor ao longo do

> Medida russa antiga.
> Uma *dessiatina* equivale a 1,09 hectares.

verão. Ficou contente de poder ter seu gado, e mesmo lamentando pelo pasto, nada temia.

No inverno, correu um boato que a senhorita pôs à venda suas terras e que seu feitor estava disposto a comprá-las. Os mujiques souberam e se desesperaram. "Se a terra for do feitor", pensaram, "irá nos afundar em multas mais do que a senhorita. Não podemos viver sem essa terra, todos dependemos dela". Os mujiques foram até a senhorita em paz e pediram que não vendesse a terra para o feitor, mas entregasse a eles. Prometeram pagar mais. A senhorita concordou. Então, os mujiques começaram a negociar e discutir o jeito de comprar a terra. Reuniram-se uma vez, duas vezes e não chegaram a um acordo. O espírito do mal provocava brigas e os mujiques não conseguiam um consenso. Resolveram, então, comprar as terras por partes, cada um de acordo com sua condição. A senhorita concordou. Parrom ouviu que seu vizinho havia comprado da senhorita 20 *dessiatinas* e que o pagamento da metade do valor havia sido parcelado por um determinado prazo. Parrom ficou com inveja do vizinho: "Vão comprar a terra toda e ficarei sem nada", pensou e aconselhou-se com a mulher.

– As pessoas estão comprando – disse Parrom –, temos também que comprar umas dez *dessiatinas*. Como está, não é possível sobreviver, o feitor não para de nos multar.

Começaram a pensar em como comprar. Tinham economizado 100 rublos, venderam dois bezerros e metade das abelhas, empregaram o filho. Além disso, pediram um dinheiro emprestado ao cunhado, conseguindo juntar a metade do valor que precisavam.

Parrom juntou o dinheiro que conseguiu, observou a parte da terra que queria – eram 15 *dessiatinas*, com um pequeno bosque – e foi até a senhorita negociar. Conseguiu as 15 *dessiatinas*, selou o acordo e pagou um adiantamento. Depois, foram até a cidade, assinaram os documentos de transmissão da propriedade. Parrom pagou o restante da metade do valor que faltava e se comprometeu em pagar a outra metade em até dois anos.

Parrom agora tinha terra. Comprou sementes, semeou a terra comprada, colheu o que plantou. Em um ano saldou sua dívida com a senhorita e o cunhado. Parrom se transformou em dono de terra: arava e semeava sua terra, nela juntava feno e cortava lenha, nela alimentava o gado. Quando Parrom arava ou olhava os brotos das sementes e via o pasto, não se continha. Parecia-lhe que a grama que crescia e as flores que nela nasciam eram diferentes. Quando às vezes passava por suas terras, que eram como quaisquer outras, lhe parecia que tinham se tornado terras especiais.

Assim Parrom vivia e estava feliz. Tudo estava indo bem, porém os mujiques começaram a envenenar o pão e o pasto dele, que pediu humildemente que parassem. Mas não teve jeito: ora os pastores largavam seu gado no pasto dele, ora levavam os cavalos de Parrom para a semeadura de trigo na calada da noite. Parrom expulsava e perdoava, não recorria ao juiz. Algum tempo depois, sua paciência se esgotou, e então decidiu reclamar com a administração local. Sabia que faziam por causa de pouca terra, que não era de propósito, no entanto, pensou: "Não é possível continuar assim, vão estragar minha terra. Preciso dar uma lição".

O juiz condenou seus vizinhos uma vez, duas vezes, multou um, depois outro. Aí os mujiques ficaram com raiva de Parrom e começaram a maltratar suas terras de propósito. Certa vez, um mujique foi à noite até o bosque que ficava nas terras de Parrom e derrubou uma dezena de árvores. Ao passar pelo bosque, Parrom percebeu uma clareira, aproximou-se e viu um amontoado de ripas para todos os lados. Podia ter cortado as que estavam nas beiradas, deixando uma, mas não, o desgraçado fez a limpa. Parrom se enfureceu: "Ah, se eu descobrir quem fez isso, vai se ver comigo". Pensou muito sobre quem poderia ter sido e concluiu: "Quem mais seria, se não Siomka". Foi até o mujique Siomka procurar as árvores cortadas e não encontrou nada, apenas arranjou briga com o vizinho. Então, concluiu que foi mesmo Siomka. Recorreu ao juiz. O tribunal se reuniu. O julgamento foi longo e o mujique foi absolvido, não havia provas. Parrom ficou ainda mais furioso, brigou com os administradores e os juízes.

– Vocês – disse ele – estão do lado de ladrões. Caso estivessem com a verdade, não absolveriam os ladrões.

Parrom se desentendeu com os juízes e os vizinhos. Passaram a ameaçá-lo. Parrom vivia numa terra ampla, mas em um mundo apertado.

Correu, naquele tempo, um boato que o povo estava se deslocando para novas terras. Parrom pensou: "Não tenho motivos para sair das minhas terras, mas caso alguém saísse daqui, teria mais amplidão, compraria a terra deles e a vida iria melhorar. Senão, vivemos num aperto danado."

Certo dia, Parrom estava em casa e um mujique que passava pela rua pediu abrigo. Parrom o acolheu, alimentou e conversou com ele, indagando de onde vinha, que ventos o trazia. O mujique respondeu que vinha dos lados do Rio Volga, onde esteve a trabalho. Conversa vai, conversa vem, o mujique acabou dizendo para onde o povo estava indo. Contou que seus conterrâneos se juntaram numa sociedade e dividiram as terras em dez *dessiatinas* por alma.

– A terra é uma maravilha – disse o mujique –, plantamos centeio, cresceu feito palha, não se vê o cavalo de tão denso, bastam cinco punhados para fazer um feixe. Um mujique muito pobre chegou de mãos vazias e já tem seis cavalos e duas vacas.

O coração de Parrom bateu acelerado. Então, pensou: "Por que ficar aqui, vivendo na pobreza, se é possível ter uma vida melhor? Posso vender as terras e a casa e lá, com o dinheiro que conseguir, posso construir uma casa nova e organizar a vida. Senão, é um pecado ficar aqui nesse aperto. Mas tenho que eu mesmo descobrir tudo."

Partiu no verão. Foi navegando até Samara de barco pelo Rio Volga, depois andou a pé umas 400 *verstas*. Ao chegar, viu tudo com seus próprios olhos. Os mujiques viviam em terras amplas, com dez *dessiatinas* por alma e aceitavam, de bom grado, na sociedade. Com dinheiro, poderia entrar e comprar, além do lote, o quanto quisesse por três rublos cada pedaço de terra virgem, podia comprar o quanto quisesse!

Com o que descobriu, Parrom voltou para casa no outono e vendeu tudo: lucrou com a terra, vendeu a casa, o gado, deixou sua comunidade, esperou a primavera e foi embora com a família em direção às novas terras.

Medida russa antiga. Uma versta equivale a 1,0668 quilômetros.

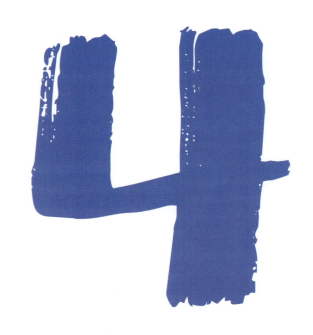

    Assim que chegou às novas terras com a família, Parrom entrou de sócio numa grande associação camponesa. Embebedou os velhos e conseguiu os papéis. Parrom foi admitido na sociedade e deram a ele 50 *dessiatinas* de terra loteada em diferentes lugares para cinco almas, além de pastos. Parrom se restabeleceu, comprou gado. Agora tinha três vezes mais terra do que antes. Uma terra fértil. Sua vida ficou dez vezes melhor em comparação com o que tinha antes. Era muita terra para plantar e pasto à vontade. Podia ter o quanto quisesse de gado.

    De início, enquanto se ajeitava e arrumava a terra, parecia-lhe que tudo estava indo bem, mas

assim que tudo entrou nos eixos, teve a impressão de que era pouca terra. Plantou trigo no primeiro ano e colheu uma bela safra. Quis plantar mais trigo, mas achou que faltava terra e que a que tinha não servia. E naquelas aragens, o plantio de trigo era feito em terra com grama de pena ou após o pousio. Depois de plantar um ano ou dois anos, deixavam descansar até crescer grama de pena. E a disputa por terra era grande, todos queriam terras boas. Os mais ricos plantavam; os mais pobres entregavam suas terras aos comerciantes em troca de pagamento de impostos. Parrom quis ter mais terra para plantar. No ano seguinte, foi até um comerciante e alugou terras por um ano. Plantou mais e teve uma colheita formidável. Mas as terras ficavam longe de sua casa e tinha que transportar o que colhia por mais de 15 *verstas*. Observou que, nas redondezas, os mujiques--comerciantes viviam em aldeias e ficavam ricos. "Isso é que é vida", pensou Parrom, "se eu pudesse comprar terras e construir uma aldeia, seria outra vida. Tudo estaria por perto". Pôs-se a pensar em como fazer.

Passaram-se três anos. Parrom alugava as terras e plantava trigo. Foram anos de boas colheitas, o trigo era bom e conseguiu guardar dinheiro. A vida podia seguir assim, mas Parrom ficava triste porque todo ano tinha que alugar terras, disputando com os demais mujiques. Bastava surgir alguma terra boa e, no mesmo instante, era comprada. Sem comprar, não tinha onde semear. No terceiro ano, comprou terra para pasto em sociedade com um comerciante, mas, depois de arar a terra, brigou com seu sócio e o negócio foi parar na justiça. O trabalho todo foi perdido. "Se eu tivesse minha terra", pensou, "não teria que pedir nada a ninguém, seria perfeito".

Parrom começou a procurar onde poderia comprar terras para a eternidade. Encontrou um mujique que havia comprado 500 *dessiatinas*, mas foi à falência e estava vendendo suas terras barato. Parrom negociou e combinou de pagar 1.500 rublos, sendo a metade a crédito. O negócio estava quase fechado, quando Parrom recebeu a visita de um comerciante. Beberam chá e conversaram. O comerciante contou que estava de passagem para a distante Bachquiria. Lá, disse o comerciante, comprou do povo da região 5 mil *dessiatinas* por apenas mil rublos. Parrom se interessou, e o comerciante contou:

– Fiz uns agrados aos mais velhos. Distribuí batas, tapetes que me custaram 100 rublos, mais um baú de chá, e vinhos para quem bebe. Foram 20 *copeks* por *dessiatina*. Mostrando o título de propriedade, completou: – A terra é ao lado de um rio e toda de grama de pena.

Curioso, Parrom perguntou como tinha que proceder.

– Tem muita terra – respondeu o comerciante –, até perder de vista, toda da Bachquiria. O povo é burro como uma mula. É possível comprar quase de graça.

"Então", pensou Parrom, "para que vou pagar 1.500 para comprar 500 *dessiatinas* e ainda me endividar, se por mil rublos posso ter tantas terras?!"

Moedas de rublos, 100 copeks são equivalentes a 1 rublo.

Depois de descobrir o caminho que o levaria até o local, assim que o comerciante foi embora, Parrom decidiu juntar alguns pertences e ir até as tais terras. Deixou a casa aos cuidados da mulher, chamou um empregado e partiu. Passou pela cidade, comprou um baú de chá, presentes e vinho, seguindo os conselhos do comerciante. No sétimo dia, chegaram às terras da Bachquiria. Tudo era exatamente como o comerciante havia narrado. O povo vivia na estepe, perto do rio, em cabanas de feltro. Não aravam a terra, nem comiam pão. Via-se o gado pastando e cavalos correndo. Os potros estavam presos às cabanas e, duas vezes por dia, levavam as éguas até eles; do leite tirado das éguas faziam *kumiss*. As mulheres batiam o *kumiss* e faziam queijo; os homens, por sua vez, bebiam *kumiss* e chá, comiam carne de carneiro e tocavam flautas. Todos estavam sempre tranquilos, alegres e passavam o verão em festas. Um povo muito atrasado, não falava russo, mas muito bondoso.

Assim que avistaram Parrom, saíram de suas cabanas e cercaram o visitante. Apareceu um tradutor. Parrom disse que veio negociar terra. Os homens comemoraram, pegaram o visitante e o levaram até uma cabana boa, sentaram-no num tapete, acomodaram-no em almofadas macias, sentaram-se à sua volta e lhe serviram chá e *kumiss*. Mataram um carneiro e lhe deram de comer. Parrom, por sua vez, abriu sua carroça e distribuiu os presentes. Conseguiu presentear todos e dividir o chá. Os moradores da Bachquiria ficaram muito contentes. Conversaram entre si e com o visitante e, ao final, encaminharam uma mensagem pelo tradutor.

– Mandaram dizer que gostaram de você – disse o tradutor – e que o costume é o seguinte: satisfazer qualquer desejo de um visitante em troca

de presentes. Você nos presenteou, então, diga do que gostou do que é nosso para retribuirmos.

– Do que mais gostei – respondeu Parrom – foi da terra. Lá para os meus lados, a terra é pouca e arada, mas vocês têm muita terra, e terra boa. Nunca vi uma terra como essa.

O tradutor traduziu. Os homens conversaram entre si durante um bom tempo. Parrom não entendia nada do que diziam, mas percebeu que estavam alegres, gritavam algo e riam. Quando se calaram, olharam para Parrom e o tradutor disse:

– Estão mandando dizer que ficam felizes e vão te dar o tanto de terra que você desejar. Basta, apenas, mostrar com a mão a terra que você quer, que será sua.

Os homens voltaram a falar e a discutir. Parrom perguntou sobre o que estavam falando. O tradutor respondeu:

– Uns estão dizendo que é preciso perguntar sobre a terra ao ancião e lhe pedir sua permissão. Outros dizem que não é necessário.

Enquanto discutiam, apareceu um homem com chapéu de pele de raposa. Todos se calaram e se levantaram. O tradutor falou:

– Este é o próprio ancião.

Parrom pegou a melhor bata e ofereceu a ele, além de entregar cinco libras de chá. O homem aceitou e sentou-se à frente de todos. Os demais começaram a falar com ele. O ancião ouviu, ouviu, balançou a cabeça, pedindo que se calassem, e falou em russo, dirigindo-se a Parrom:

– Tudo bem – disse –, pode pegar o quanto desejar e gostar. A terra é grande.

"Como poderei pegar o quanto desejar", pensou Parrom. "É preciso ter um documento, senão podem me dar e depois pegar de volta".

– Agradeço muito ao senhor – disse Parrom – pela gentileza. Realmente, a terra é muito grande e eu preciso apenas de um pouco. Preciso saber que é minha e qual exatamente será minha. Temos que medir e documentar, pois, como se sabe, Deus é responsável pela morte do vivo. Vocês são pessoas bondosas, estão dando a terra, mas seus filhos podem tirá-las de mim.

– Tens razão – disse o ancião –, podemos documentar.

Então, Parrom disse:

– Ouvi dizer que esteve um comerciante aqui e vocês também lhe deram terras e assinaram o documento. Por mim, pode ser assim também.

O ancião entendeu tudo.

– Tudo isso é possível, temos um escrivão, vamos até a cidade e lá carimbamos o documento.

– Qual será o preço? – perguntou Parrom.

– Nosso preço é mil rublos por dia.

Parrom estranhou e não entendeu.

– Que medida é essa por dia? Quantas *dessiatinas* terei?

– Não sabemos contar assim – respondeu o ancião. Vendemos por dia: o quanto de terra você percorrer em um dia, será sua. O preço é mil rublos por dia.

Admirou-se Parrom.

– Em um dia é possível percorrer muita terra.

O ancião soltou uma gargalhada.

– Será tudo seu! Tem apenas uma condição: se você não retornar no mesmo dia ao local de onde partir, perde seu dinheiro.

– Como saberei a terra que percorri?

– Vamos ficar no local que você mais gostou e esperar seu retorno. Pode ir, marcar o pedaço de terra que quiser, leve a enxada contigo e onde quiser, faça uma marcação, cave buracos, coloque grama, depois passamos com o arado. Pode pegar o quanto quiser, mas deverá voltar ao mesmo local de onde partiu até o sol se por. O que conseguir percorrer e marcar será seu.

Parrom ficou feliz e decidiu partir no dia seguinte bem cedo. Conversaram um pouco, beberam *kumiss*, comeram carne de carneiro, tomaram chá e a noite caiu. Os homens cederam o *purrovik* para Parrom e foram dormir também. Prometeram, no dia seguinte, sair para o local antes do nascer do sol.

Casaco de pele que se forra no chão para dormir.

Parrom deitou-se no *purrovik* e não conseguiu dormir, ficou pensando nas terras. "Vou pegar", pensava, "o equivalente a uma grande Palestina. Percorrerei umas 50 *verstas* no dia. O dia, hoje, é como um ano. Cinquenta *verstas* será muita terra. A que for ruim posso vender ou alugar aos mujiques, na terra boa eu mesmo vou morar. Comprarei dois bois e arados, empregarei dois camponeses, em 50 *dessiatinas* vou plantar e o resto deixarei para pastagem do gado".

Parrom não dormiu a noite inteira. Cochilou um pouco antes do raiar do sol. E teve um sonho. Pareceu-lhe que estava deitado dentro da cabana e ouviu alguém gargalhar do lado de fora. Quis ver

quem estava rindo, levantou-se e saiu. Viu que era o ancião em pessoa gargalhando, com as mãos cruzadas na pança. Parrom se aproximou e perguntou:

– Porque está rindo? – de repente, percebeu que não era o ancião, mas o comerciante que havia recebido em sua casa e que lhe falou das terras da Bachquiria. Então, perguntou a ele:

– Faz tempo que está aqui? – assim que fez a pergunta ao comerciante, já não era ele, e sim o mujique lá dos lados do Rio Volga. De repente, Parrom percebeu que não era mais o mujique e sim o próprio diabo com chifres e patas, sentado, rindo, e diante dele estava um homem descalço, apenas com a roupa de baixo. Olhou direito para tentar reconhecer quem era o homem. E viu que o homem estava morto e era ele. Parrom horrorizou-se e acordou. Quando acordou, pensou: "É cada sonho...". Olhou para a saída da cabana e já estava clareando. "Está na hora, tenho que acordar o povo, temos que partir". Parrom se levantou, acordou seu empregado que dormia na carroça, mandou selar os cavalos e foi chamar os homens.

– Está na hora – disse –, temos que partir para as estepes, medir a terra.

Os homens se levantaram e se juntaram. O ancião chegou. Novamente, começaram a beber *kumiss* e quiseram servir chá para Parrom, mas ele se recusou, não queria demorar.

– Se temos que ir, então vamos – disse ele –, está na hora.

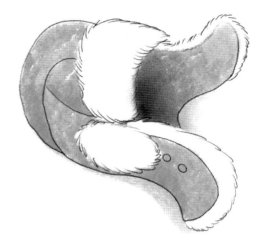

Os homens se reuniram e se aprontaram, alguns montados em cavalos e outros, em carroças. Parrom estava em sua carroça com o empregado, levando a enxada. Chegaram à estepe no alvorecer. Quando se aproximaram do monte, desceram das carroças e apearam dos cavalos, reunindo-se num grupo. O ancião se aproximou de Parrom e mostrou com a mão:

– Eis – disse –, é toda nossa, até perder de vista. Pode escolher a que quiser.

Os olhos de Parrom brilharam: a terra era toda coberta de grama de pena; plana, como a palma da mão; negra, como a semente de papoula; as várzeas todas com capim alto.

O ancião tirou o chapéu de pelo de raposa e jogou no chão.

– Pronto – disse –, essa é a marcação. Partes daqui e para cá deves voltar. O que percorrer, será seu.

Parrom tirou o dinheiro e colocou dentro do chapéu, tirou a bata, ficando apenas de camisa e calças, apertou o cinto, botou uma pequena bolsa com pão dentro da camisa, amarrou um pequeno cantil d'água ao cinto, dobrou as barras das calças, pegou a enxada das mãos do seu empregado e preparou--se para partir. Ficou um tempo pensando por qual lado devia começar: a terra era boa por todo lado. Então raciocinou: "Tanto faz: partirei assim que o sol nascer". Posicionou-se de frente para o sol, alongou--se e esperou o sol aparecer no horizonte. "Não vou perder tempo, o friozinho ajuda no caminhar". Assim que os raios do sol brilharam no horizonte, Parrom colocou a enxada no ombro e caminhou para a estepe.

Parrom caminhava sem pressa. Depois de percorrer uma *versta*, parou, cavou um buraco, colocou pedaços de grama um em cima do outro para ficar mais à vista. Seguiu em frente. Ganhou fôlego e

apertou o passo. Depois de caminhar mais uma *versta*, cavou outro buraco.

Parrom olhou para trás. O sol iluminava bem a aldeia, viu o povo de pé e as rodas das carroças que brilhavam. Calculou que havia percorrido umas cinco *verstas*. Sentiu calor, tirou a camisa, jogou-a sobre os ombros e seguiu em frente. Percorreu mais cinco *verstas*. Começou a esquentar. Olhou para o sol e percebeu que era hora de comer alguma coisa.

"Ficou para trás uma etapa" – pensou Parrom. "São quatro por dia, ainda é cedo para voltar". Sentou-se, tirou as botas e as pendurou no cinto, foi em frente. Sentiu-se leve ao caminhar. Então pensou: "Vou percorrer mais umas cinco *verstas* e daí viro à esquerda. O lugar é bom, é uma pena deixar. Quanto mais caminho, melhores são as terras". Caminhou em linha reta, olhou para trás e a aldeia já estava pequenina, o povo também, parecia formigas escuras, e viu que algo estava brilhando.

"Basta" – pensou Parrom – "desse lado já marquei bastante terra, é preciso virar. Além do que, estou com calor e sede". Parou, cavou um buraco maior do que os outros, colocou a grama, pegou o cantil d'água, bebeu à vontade e virou para a esquerda. Caminhou, caminhou, o capim ficou alto e sentiu muito calor.

Parrom começou a se cansar. Olhou para o sol e viu que era hora do almoço. "Preciso descansar", pensou ele. Parou, sentou-se, comeu um pouco de pão com água, mas não se deitou: se deitasse, pensou, poderia adormecer. Descansou um pouco e seguiu em frente. De início, caminhou com leveza, a comida lhe havia dado forças. Já estava muito calor e o sono começou a se apoderar dele. Mas ele não parava, caminhava e pensava: "é preciso aguentar uma hora para viver um século".

Percorreu um pouco mais, já queria virar à esquerda novamente, porém avistou uma pequena várzea bem úmida, ficou com pena de largar. Pensou: "Deve dar um linho bom". Seguiu em frente. Abarcou a várzea, cavou o buraco e virou à esquerda. Olhou para trás: por causa do calor tudo ficou embaçado, algo se balançava no ar e dava para ver um pouco as pessoas. Pareceu-lhe que estava há umas 15 *verstas* de lá. "Vixe", pensou Parrom, "peguei muita terra em comprimento, preciso encurtar esse lado". Caminhou para marcar o terceiro lado, apressou-se. Olhou para o sol, já estava começando a se pôr. "Não", pensou, "mesmo que fique torta, preciso voltar. Não quero mais que o necessário. Já é muita terra". Cavou um buraco rapidamente e pegou o caminho de volta para a aldeia.

9

    Parrom caminhava de volta em direção à aldeia quando começou a passar mal. Sentia um calor insuportável; descalço, cortou e machucou os pés, que quase não o obedeciam mais. Queria descansar, mas não podia, pois tinha que voltar até o sol se pôr. O sol não esperava, caía e caía. "Ah, será que errei e abocanhei muita terra? O que será se não conseguir voltar a tempo?" Olhava ora para a aldeia, ora para o sol: estava longe do local, mas o sol já se aproximava do horizonte.

    Com dificuldade, Parrom caminhava e tentava apressar o passo. Andou, andou e ainda estava longe; começou a correr. Largou a camisa, as botas, o cantil d'água e o chapéu, tinha apenas a enxada na mão para se apoiar. "Ah, a cobiça me dominou e arruinei tudo, não chegarei até o pôr do sol". De tanto medo ficou sem fôlego. Parrom correu, a roupa de baixo estava colada a seu corpo, a boca estava seca. Parecia que havia um fole de ferraria em seu peito, o coração batia como um martelo e o pés se arrastavam como se não fossem dele. Sentiu-se mal e pensou: "Esse esforço pode me matar".

Tinha medo de morrer, mas não conseguia parar. "Percorri tantas terras", pensou, "se parar agora, me chamarão de tolo". Correu, correu, já perto do local de sua partida, ouviu os gritos dos homens em sua direção. Seu coração bateu ainda mais forte por causa dos berros. Parrom correu com todas as suas forças, o sol já estava próximo do horizonte e mergulhou na neblina: ficou vermelho, cor de sangue. Logo, logo mergulharia no horizonte. O sol estava muito perto do horizonte, mas o local de partida não estava longe. Parrom avistou o povo da aldeia acenando para ele, apressando-o. Avistou o chapéu de pele de raposa no chão e o dinheiro nele depositado. Viu também o ancião sentado com as mãos cruzadas na pança. Parrom lembrou do sonho. Pensou: "Terei muita terra,

mas será que Deus vai me deixar viver nela? Ah, não vou conseguir, arruinei tudo".

Parrom olhou para o sol, que atingira com um dos lados o horizonte. Reuniu todas as suas forças, inclinou seu corpo para frente, os pés mal conseguiam o acompanhar e segurá-lo para que não caísse. Parrom uivou. "Perdi tudo, foi esforço em vão". Quis parar, mas ouvia os gritos dos aldeões e lembrou que de lá o sol ainda estava alto. Tomou fôlego e correu em direção à aldeia. Lá ainda estava claro. Chegou correndo e viu o chapéu de pele de raposa e diante dele estava o ancião, gargalhando, com as mãos cruzadas na pança. Parrom lembrou do sonho, soltou um grito, os pés fraquejaram e ele caiu para frente, mas não conseguiu que suas mãos alcançassem o chapéu.

– Muito bem! – gritou o ancião. – Abocanhou muita terra!

O empregado de Parrom se aproximou dele, quis levantá-lo e viu que de sua boca escorria sangue, que estava morto.

Os homens estalaram as línguas e lamentaram.

O empregado pegou a enxada, cavou a cova para Parrom, na medida certa dos pés à cabeça – uns três *archins* – e o enterrou.

Medida russa antiga, de origem turca. Um archin equivale a 0,7112 metro ou a aproximadamente 27 centímetros.

Zoia Prestes

é professora da Faculdade de Educação da Universidade Federal Fluminense (UFF/Niterói/RJ) e tradutora. Filha de Maria Prestes e Luiz Carlos Prestes, durante a ditadura militar viveu 15 anos no exílio na União Soviética, de 1970 a 1985. Formada pela Universidade Estatal de Pedagogia de Moscou, é mestre e doutora em educação. Traduziu inúmeros livros de autores russos para o português publicados no Brasil, alguns em parceria com a editora Expressão Popular.
É admiradora da luta do Movimento dos Trabalhadores Rurais Sem Terra.

Verônica Fukuda

é natural de Registro/SP. Radicada em Curitiba desde 2001, é formada em Artes Visuais, com especialização em Cinema.
Na busca e desenvolvimento de uma linguagem artística própria nas artes visuais, criou o Ma Fille, ateliê de produção e espaço de aulas para crianças e adultos.
Em 2014, lançou seu primeiro livro, *Meu amigo Bóris*, e desde então, como autora e ilustradora, participa continuamente de mostras e exposições na área da Literatura.